Henrik Henking

Maulbeerbaum und Seidezucht in Ungarn

Antigonos

Henrik Henking

Maulbeerbaum und Seidezucht in Ungarn

Unveränderter Nachdruck der Originalausgabe von 1843.

1. Auflage 2024 | ISBN: 978-3-38653-247-1

Antigonos Verlag ist ein Imprint der Outlook Verlagsgesellschaft mbH.

Verlag: Outlook Verlag GmbH, Zeilweg 44, 60439 Frankfurt, Deutschland
Vertretungsberechtigt: E. Roepke, Zeilweg 44, 60439 Frankfurt, Deutschland
Druck: Libri Plureos GmbH, Friedensallee 273, 22763 Hamburg, Deutschland

Maulbeerbaum-

und

Seidezucht

in Ungarn.

———

Von

H. Henking,

Director der Oedenburg-Eisenburger Seidebau-Anstalt.

———

Oedenburg, 1843.
Im Verlage des Verfassers.

olgende wenige Worte hierländischer, neuerer Erfahrung über einen alten, schon oft behandelten Stoff mögen als Leitfaden für Anfänger dienen. Dem fleißigen Denker und Arbeiter genügen sie; für den Unfleißigen sind Folianten zu wenig. Jener wird Nutzen, dieser Verlust bey der Sache finden; "Wie man's treibt, so geht's!" Keine Regel gilt überall. Örtliches Forschen und Prüfen muß das Örtlich-Angemessene herausfinden.

I. Maulbeerpflanze.

Die beste, hier anwendbare, dem Zwecke entsprechende ist die Morus alba Moretti (*Morus alba sylvestris, typus morettiana Jacquin.*) Sie dient zur Selbzucht als Wildling (aus Saamen erzogen ohne weitere Vereblung), kann aber auch auf andere Abarten geimpft (oculirt) werden. Man kann sie als Hochstamm, oder als Busch, oder in Hecken ziehen. Halbhochstämme und niedrigbleibende Büsche, erhält man sehr bald und schön, wenn man sie auf die schnellwachsenden Triebe der einjährigen Multicaulis, zunächst bei der Erde impft; doch sind diese nicht so dauerhaft, wie jene Wildlinge. Die Moretti hält den Winter aus; sehr selten die Multicaulis, welche daher nur als Niedergesträuch zu halten ist. Wenn

1 *

man Saamen von Multicaulis erhält und ansäet, entsteht daraus die Morus intermedia (Hybridis), welche, als hierländischer Sämling dem Winterfrost widersteht und, so wie die Multicaulis durch Stupfer vermehrt wird. Die Moretti wird von Saamen erzogen. Eine andere gleich vorzügliche Abart, mit Rosa-Blattstielen, wird nicht durch Saamen, sondern nur durch Oculiren vermehrt.

Für das Saamenland

geschützte Lage, sehr fette Erde, womöglich viel Kalkgehalt, daher auch Mischungen von altem Mist, durchgesiebtem Mauerschutt, Ruß u. f. w., gut. Öftere und starke Bearbeitung vor der Aussaat sehr zu empfehlen.

Die Aussaat

nie vor Ende April, auch Ende Mai noch früh genug. Der Saame werde mit gleichviel Gewicht an Holzasche 48 Stunden in lauem Wasser eingeweicht, dann durch ein Haarsieb abgespült, im Schatten etwas getrocknet, mit Flußsand vermischt, breitwürfig, so dicht wie Spinat auf die Saamenbeete gesäet, mit sehr feiner Erde ¼ Zoll hoch bedeckt, indem man sie mit der Hand ausstreut, und mit der Rückseite des Rechens etwas fest drückt. Dann werde er stark, allezeit mit abgelegenem, später wohl auch mit etwas Mistjauche gemengtem Wasser begossen. Bey Sonnenschein hält man das Beet durch theilweise Bedeckung mit Planken, gleich wie ein Mistbeet, im Schatten, bis

August feucht, immer rein von Unkraut. Der früher gesäete Saame geht oft erst nach 6 Wochen, mit dem spätgesäeten auf. Letzterer kommt oft schon nach 12 bis 14 Tagen. Im August sind die Pflanzen 1 bis 1½ Schuh hoch und werden nicht mehr begossen.

Die Verpflanzung

kann schon im ersten Herbste, besser im folgenden Frühjahre, geschehen. Letzteren Falls erfolge sie nicht vor Mitte April, denn es ist nicht gut, wenn der Trieb früh gesetzter Pflanzen lange durch ungünstige Witterung zurückgehalten bleibt. Damit man aber so spät versetzen kann, muß man die Pflanzen im März aus dem Saamenlaube heben, in einem kalten Keller in trockenen Sand einschlagen, sonst keimen sie zu frühe.

Man pflanze

1. die schönsten Sämlinge als Gebüsche auf 4 Schuh allseitige Weite, im gleichseitigen Dreieck oder auch in gleicher Weite auf Reihen, welche nach Belieben weit von einander stehen können.

Die Dreieckpflanzung muß, als die dichteste, mit Schaufel und Hacke; die Reihenpflanzung kann, weit wohlfeiler und genügend gut, mit dem Pflug bestellt werden, eben so wie

2. die Feldhecken, welche aus gleich schönen Setzlingen, wie zu Nr. 1, auf nur **2** Schuh Pflanzweite, **2** bis **20** Klaf= ter von einander und dem herrschenden (meistens Nord=) Winde entgegen gestellt werden.

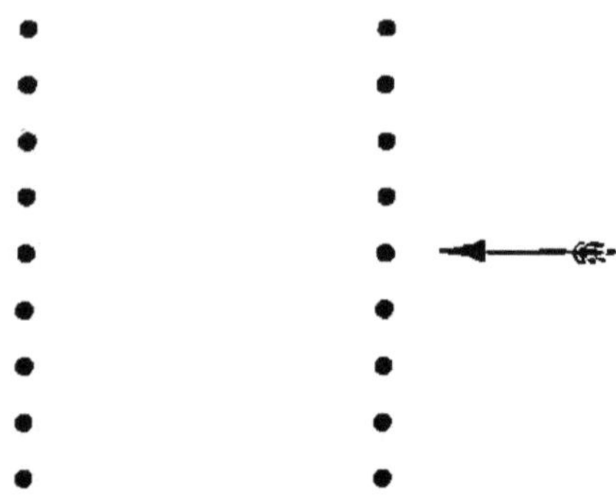

3. Die geringeren Pflanzen verwende man für den Schutzzaun rings um die Besitzung, auf $1\frac{1}{2}$ Schuh Weite gesetzt.

4. Die geringsten Pflanzen für die Baumschule, wo man sie auf **1** Schuh allseitige Weite setzt, sie, je nach ihrer Entwickelung zu Gebüschen oder zu Hochstämmen ausbildet, um erstere nach einem Jahr auszuheben und letzteren dadurch mehr Raum zu geben.

Für **1.** und **4.** gehört ganz rigoltes Land, $1\frac{1}{2}$ bis **2** Schuh tief umgestürzt. Für **2.** müssen die Streifen, wo die Pflanzen stehen sollen, **3** Schuh breit, $1\frac{1}{2}$ bis **2** Schuh tief rigolt werden. Für Hochstämme öffne man die Löcher eine Geviert= Klafter weit, **2** Schuh tief. Überall trachte man die Bauerde zu den Wurzeln, die schlechte Erde obenauf zu bringen. Die

Vorbereitung des Landes zu einer Frühlingsbepflanzung geschieht am besten im Herbste zuvor.

Geeigneter Grund

muß durchaus trocken, wenigstens 5 Fuß über dem Unterwasser liegen. Er sei von gemischter, sehr gerne etwas sandiger Art. Wiesenland ist weniger als halb gut, Sumpf ganz schlecht. In Höfen, bei Häusern, längs der Straßen und Äcker gedeiht die Morus am besten. Den frühesten Ertrag liefert die angegebene Pflanzung im Dreieck.

Zum Versetzen

beschneide man die Wurzeln der Sämlinge ein wenig, besonders die Pfahlwurzel; das Holz bei Herbstversetzungen gar nicht, bei Frühlingsversetzungen auf gesundes Holz. Jedenfalls setze man die Pflanze etwas tiefer, als sie vorher gestanden, weil sich der Boden senkt, gieße sie ein und trete die Erde behutsam, doch nicht zu locker, an.

Formenschnitt und Benutzung der Morus Morettl.

Der Schnitt von Nr. 1. kann, im ersten Jahre nach der Versetzung, mit dem bereits Gesagten genügen; dagegen muß die Pflanze bei trockener Witterung begossen, das Land frei von Unkraut gehalten werden, *Fig. A.* In nicht gar fettem Grunde wird die Pflanze bis zum Herbste einen kleinen Busch

B, in recht fettem Boden einen größeren Busch *C* bilden. Hat
dieser die Größe von 3 bis 5 Schuh Höhe erreicht, was im dritten Jahre schon eintreten kann, so erfolgt allezeit im Juni, ja
bis Mitte Juli derjenige Schnitt, welcher die Krone bildet, so
daß (wie *Fig. C* dunkel), das lichtgezeichnete davon weggge-
schnitten wird. Das gleiche geschieht ein Jahr später, (*Fig. D*
dunkel), nachdem sich die Pflanze wie *Fig. D* licht angewach-
sen hatte. Eben so ein Jahr nachher (*Fig. E* licht und dunkel),
und dieses geht so fort, bis der Busch die gehörige Höhe erreicht hat, genügend ausgebreitet ist. Derselbe kann sehr leicht
im dritten Jahre, die Sämlingszeit mitgerechnet, ¼ Pfund,
im vierten Jahre 1 Pfund reine Blätter geben, und wächst
dann alle Jahre in vielen üppigen Zweigen (*Fig. F* licht),
um auf *F* dunkel zurückgeschnitten zu werden, wobei einzig zu
beobachten ist, daß man auf jedem Aste e i n e n Zweig mit den
Blättern stehen läßt, damit die Pflanze nie ganz in der Entwickelung gehemmt werde. Dieser Zweig wird ein Jahr später
mit den jungen Trieben weggenommen, während einer der
letzteren erhalten bleibt. So dient dieser Schnitt nicht allein
zur Formbildung, sondern er ist auch die Entblätterung, da
er zur Zeit der Raupenzucht eintritt. Er gewährt zudem den
Vortheil, daß man die Blätter nicht auf der Pflanze, sondern
zu Hause von den Zweigen streifen darf.

Die Größe der Pflanzenkrone

sollte für Büsche im Dreieck auf 1½ Schuh Höhe von der
Erde, 3 Schuh Durchmesser in der Breite und 2 Schuh Höhe

der Äste zeigen. Für Büsche in Reihen darf sie seitwärts etwas breiter werden. Für Hochstämme ist sie auf 6 Schuh über der Erde mit 10 Fuß Durchmesser in der Breite und 3 Fuß Asthöhe groß genug, da eine weitere Ausdehnung wegen des Schnitts und wegen der Qualität der Blätter unpraktisch ist.

Die Erziehung der Hochstämme

erfolgt mit den Pflanzen in der Baumschule, welche im ersten und zweiten Jahre wie *A* und *B* stehen. Im Frühling des dritten Jahres auf 3 Augen nächst der Erde abgeschnitten (*H*) werden sie dieses Jahr 5 bis 7 Fuß hoch in e i n e m Triebe aufwachsen, wenn frühzeitig alle Nebentriebe weggezwickt und die Seitentriebe des e i n e n Stammes, gehörig eingekürzt werden (*I*), wodurch er nicht nur an Höhe, sondern auch an Stärke gewinnt. *Fig. K* zeigt den Stamm, wie er ein Jahr nachher im Frühlinge zugeschnitten wird, so daß er der *Fig. C* dunkel, wenn wir ihn 5 bis 6 Fuß hoch denken, gleichkommt, und nun geht alles weiter, wie bei *D*, *E* und *F*, bis er die bemeldete Ausdehnung erlangt hat.

Die Feldhecken Nr. 2.

werden ganz eben so behandelt, mit dem einzigen Unterschiede, daß man die Pflanzen nicht korbartig, wie die Büsche und Hochstämme ausbildet, sondern ihnen die Form eines Fächers *G* gibt, nach welchen sie sich, nie in der Richtung der Hecke, sondern seitwärts ausbreiten sollen. *Fig. L.*

Im Schutzzaun Nr. 3.

erhält die Pflanze gar keine Krone; sie bestaubet sich vielmehr von Anfang an und fortwährend ganz frei gleich bei der Erde. Nach zwei bis drei Jahren biegt und bindet man die längsten Triebe seitwärts in den Zaun *M.* Dadurch zwingt man ihn, auf den Bögen senkrechte Zweige zu treiben. Diese werden alljährlich ein- bis zweimal für die Raupenzucht im Mai, Juni oder Juli abgeschnitten, unter den Bögen aber wird nichts weggenommen.

Düngung

ist für die Baumschule nicht nothwendig, wohl aber gute Bearbeitung des Bodens. Am letzten Bestimmungsort angelangt, wo ein alljährlicher Ertrag beabsichtigt wird, lieben die Pflanzen alten Mist, abgelegene Erde, verfaultes Unkraut mit etwas Kalk zersetzt, und die Zufuhr solcher Dinge lohnt jede Arbeit in Menge und Gehalt der Blätter, so auch an Gesundheit der Pflanzen.

Künstliche Bewässerung

oder zu lange andauernde Überschwemmung schadet leicht den Pflanzen, und ist den Seideraupen schädlich, wenn sie gleichzeitig davon genährt werden.

Multicaulis-Pflanzungen

werden nicht nach der Weise der Moretti beschnitten. Sie sind als Büsche von den Erdkeimen ohne Krone und werden von Jahr zu Jahr bis tief herab weggestutzt. Deßhalb geben sie weniger gehaltvolle Blätter und sind auch nur für junge Raupen bis ins dritte Alter zu empfehlen, folglich in hinreichender Zahl vorhanden, wenn sie das Zehntel des ganzen Pflanzenbestandes ausmachen. Man vermehrt sie durch Stupfer, welche von den Zweigen der Mutterstöcke gemacht werden, indem man jene gegen Ende Oktober abschneidet, im Freien oder im Keller unter Sand legt, im März darauf die Stupfer schneidet, solche wieder unter Sand legt, um sie vor allzufrühem Keimen zu bewahren, und endlich im April so tief in gut bearbeitetes Gartenland setzt, daß nur ein Auge über der Erde bleibt. Die Stupfer werden, *Fig. N*, auf 3 bis 4 Augen so geschnitten, daß der untere Schnitt rechtwinklich, dicht unterm Auge, der obere schief ab vom Auge geht. Etwas feucht gehalten wachsen diese Stupfer im ersten Sommer oft schon 3 Fuß hoch, können im zweiten Sommer schon Raupenfutter liefern, oder zum Oculiren für halbhohe und Buschpflanzen dienen.

Die Morus Intermedia (Hybridis)

entsteht aus dem Saamen der Multicaulis, nach Vorschrift im Saamenland erzogen. Ihre Vermehrung aber geschieht durch Stupfer, wie bei den Multicaulis, und diese Pflanzen können unsere Winter aushalten.

Die Entblätterung auf älteren Bäumen,

welche nicht regelrecht zu uns gelangen, geschieht ebenfalls durch Ausschneiden zahlreicher, zu dicht stehender Zweige, und es kann sogar im Juni eine starke Verstümmelung angeordnet werden, wobei jedoch mehrere Zugäste mit den belaubten Zweigen stehen bleiben sollen. Wenn aber die Blätter von den Zweigen a u f dem Baume genommen werden sollen, so gehe dieses in einem schnellen Abpflücken der Blätter von unten nach oben auf den Zweigen vor sich, und es werden diese nie von oben nach unten abgestreift, wie es geschehen darf, wenn die Zweige abgeschnitten sind.

Pflanzungen, welche im Mai, Juni oder Juli durch Ausschneiden benutzt worden sind, können auch später, zur Noth ein zweites Mal benutzt werden durch Entblätterung, ohne Ausschneidung. Nur soll dieses mit der empfohlenen Vorsicht und nicht mehrere Jahre nach einander auf den gleichen Pflanzen, sondern mit stärkerer Düngung, in einer angemessenen, wenigstens sechsjährigen Kehrordnung geschehen.

Die Saamenerzeugung

nimmt nur alte, zur Raupenzucht nicht entblätterte Bäume in Anspruch. Man sammelt diejenigen Früchte, welche von selbst, ohne Zuthun starker Winde, ganz reif herabfallen, in einen Topf, drückt sie mit den Händen zu Brei und läßt sie einige Tage gähren. Dann gießt man sie in ein feines Sieb und schwemmt sie, darin mit den Fingern arbeitend, rein ab von den Schleimtheilen. Die Kerne trocknet man im Schatten, bewahrt sie in Säcke gefüllt, aufgehängt in einem trockenen, ungeheizten Zimmer bis zur Ansaat.

Keimfähig ist der Saame

mehrere Jahre lang, doch entwickelt sich der Keim schwerer mit dem Alter, daher ist frischer Saame der beste.

Die zur Saamenerzeugung guten Bäume

erkennt man an den Blättern, welche weder zu weich, noch zu hart; nicht wollig und rauh, sondern glatt und glänzend; nicht weinlaubartig gezackt, sondern sägeartig fein gezähnt und ovalrund; nicht grob, sondern fein gerippt erscheinen sollen. Gute Blätter sollen in sonnenreichen Sommern vielen Zucker-, Gummi-, Harz- und Eiweißstoff enthalten, was man beim Einsammeln an der Klebrigkeit der Finger wahrnehmen kann. Dieser Gehalt der Blätter ist die Hauptsache für eine gute Raupenzucht, und zur

Beförderung des großen Seidenertrags

dient nichts mehr, als jener alljährliche und starke Schnitt, welcher das alte Holz entfernt, also die Pflanze in die Unmöglichkeit versetzt, Früchte zu tragen, sie dagegen zwingt, alle jene edlen Stoffe den Blättern zuzuwenden, so daß sie den Raupen und endlich uns selbst durch einen größeren Ertrag an

Seide zu Gut kommen. Gelehrte wiffen ferner, daß gerade die Früchte den Stickstoff, welcher der Raupe so nothwendig ist und die Seide selbst ausbildet, großentheils ableiten.

II. Zur Raupenzucht

gehören gesunde Eier und eine gesunde Belebung derselben, in der Zeit, wo sie belebungsfähig sind, das ist vom Mai bis Mitte Juli, indem der Keim, wenn er durch Kälte länger an der Belebung verhindert wird, großentheils und endlich ganz abstirbt.

Die Eier

erzeuge man nur von gesunden, festen, feinkörnigen Cocons. Man lasse die Schmetterlinge nur 12 Stunden in der Begattung. Man lasse das Weibchen, welches sich dicker und weniger lebhaft als das Männchen darstellt, die Eier der ersten 6 Stunden auf e i n e n, die Eier der spätern Stunden auf ei- nen andern, über Spagat gehängten Leinwandstreifen legen. Nur die von den ersteren soll man zur Nachzucht verwenden.

Das Gewicht der Eier

bestimmt man dadurch, daß man die Leinwandstreifen wiegt, ehe die Eier darauf gelegt werden (tarirt) und nachwiegt, so- bald sie mit Eiern belegt sind.

Zur Aufbewahrung sind die Eier reif,

sobald sie schiefergrau geworden sind, dann werden sie, mit den Leinwandstreifen frei in die Luft, über eine Stange oder Spagat in einem trockenen, nicht heizbaren Zimmer, außer dem Bereiche der Mäuse aufgehängt. So bleiben sie bis zum folgenden März. Ein kleinerer oder größerer Theil der Eier kriecht oft noch im August aus, diese Raupen werden

Trevoltini

genannt und können eine Herbstzucht bilden. Ihre Eier werden im folgenden Jahre aber nicht auch wieder Trevoltini, sondern können dann, wie alle übrigen Eier jener Zeit zur Überwinterung gelangen.

Die Eier kommen in den kältesten Keller

(Eiskeller), sobald es im März warm zu werden beginnt. Dazu werden sie in große Blech- oder Glasflaschen gebracht, mit Blasen luftdicht verbunden in dem Keller, einen Schuh hoch vom Boden, aufgehängt.

Damit sie nicht ersticken,

werden sie alle 14 Tage gelüftet, indem man sie auf dem Tische in einem schattigen Zimmer ausbreitet, nach mehreren Stunden wieder, wie zuvor verschließt und in den Keller zurückbringt. Auch sind ihnen Thau und Regenbäder sehr wohlthuend, nach welchen sie am Schatten getrocknet, wie oben, in den Keller kommen.

Die Belebung der Eier

darf endlich eingeleitet werden, sobald die Blätter der Maulbeerpflanzen, besonders die der niedrigen Büsche und Gesträuche einen Geviertzoll groß sind. Dann enthebt man aus dem Keller so viel Eier, als man erziehen zu können glaubt und legt sie in einem ungeheißten (10 bis 12° Reaumur) Zimmer auf ein Hürdchen. Wenn man nach einigen Tagen, so es nöthig ist, in der Frühmorgenstunde etwas heißt (14 bis 15°), wenn man nachher wieder etwas wärmer gibt (18 bis 20°), so werden die Raupen in 6 bis 14 Tagen, allezeit in den Vormittags= stunden auszukriechen anfangen. In den Sonnenschein darf man die Eier nie unbedeckt legen. Wehen zu dieser Zeit sehr trockene Winde, so stelle man ein großes Becken mit Wasser in die Nähe der Eier, oder hänge feuchte Tücher dazu. Zuerst erscheinen nur wenige Raupen. Tags darauf heiße man Früh= morgens 2 bis 4 Uhr bis 24° und es werden sehr viele Rau= pen erscheinen. Diesen lege man sogleich große Maulbeerblät= ter hin. Sie steigen darauf. Mittags hebt man die, mit jun= gen Raupen besetzten Blätter von den Eiern ab, bringt sie in ein kühleres Zimmer (16°), ohne ihnen für heute mehr Nah= rung zu geben. Das Eierzimmer darf wieder bis 18° abküh= len. Am folgenden Morgen 2 bis 4 Uhr wird wieder auf 24° geheißt. Nun werden wenige Eier unbelebt bleiben. Die Rau= pen werden mit Blättern bedeckt, gesammelt, zu jenen des vorigen Tages gebracht und mit ihnen zum erstenmale in einer Wärme von **21** bis **22°** mit recht saftigen, zarten Blättchen gefüttert. Die Eier, welche während diesen **3** Tagen nicht aus= kriechen, sind als krankhaft wegzuwerfen. Dieses ist der erste Tag des ersten Alters, wie er in folgender Tabelle mit I ange= merkt ist. Nun arbeite ein jeder ganz nach der Tabelle, lasse nichts von allem, was sie sagt, unbeachtet und erwarte um so gewisser eine reiche Ernte, als das gute Wetter seine Arbeit und die vollständige Ausbildung der Raupennahrung begün= stiget. Ist dieses der Fall, so kann, besonders im Juni und Juli die Heizung des Zimmers ohne Gefahr selbst dann unter= bleiben, wenn die Wärme auch einige Tage auf **16°** herab= sinken würde.

Vor Überschätzung des Blättervorraths

hat man sich sehr zu hüten. Wer zu viele Raupen belebt, kommt leicht in den Fall, zu wenig Futter zu haben. Man wiege da= her die Blätter einer Pflanze und berechne seinen Vorrath, so daß jedenfalls nicht Alles aufgezehrt wird.

Bemerkungen zur Raupenzucht.
(Siehe die Tabelle.)

Man bediene sich der Netzhürden **2** Fuß breit, **6** bis **7** Fuß lang. Es kann sie jeder Bauer von liegenden Dachlatten selbst machen und zur Winterszeit mit Spagat netzartig in ¾ Zoll weiten Maschen überflechten. Am ersten Tage I legt man Pa=

pier auf das Netz, bis zur ersten Häutung. Nachher streife man alles ab vom Papier auf das freie Netz, stelle aber dicht darunter eine andere mit Papier belegte Rahme, welche die herabfallenden Raupen auffängt, damit solche von Zeit zu Zeit wieder hinaufgebracht werden können. Hat man viele Hürdchen voll von gleichartigen Raupen, so stelle man sie übereinander und nur unter das unterste eine Papierrahme. Wenn nach der zweiten oder dritten Häutung, wo mit Netzrahmen gereinigt wurde, auch mehrere Raupen unten am Netze sitzen bleiben, so kriechen sie doch nach und nach durch die Zwischenräume der aufgestreuten Blätter hinauf. An den **24.** und **25.** und späteren Tagen versuche man dagegen ja nicht mit Netzrahmen zu reinigen, weil die spinnreifen Raupen beide Rahmen sogleich zusammenspinnen würden, so daß man die übrigen Raupen nicht mehr füttern könnte. Wenn sich am **24.** Tage einige Raupen zum Spinnen begeben, nehme man diejenigen, welche an den Seiten der Rahmen liegen, auf andere Rahmen weg, damit der Raum dort ganz leer werde (*Fig. O*), und die Raupen nur in der Mitte auf ²/₃ der Rahme liegen. Die spinnreifen Raupen erkennt man am sichersten dadurch, daß sie aufhören zu fressen, und von dem Futter weg auf jene leeren Räume des Netzes gehen. Hier sammle man sie mit den Fingern auf glasirte Teller, indem man sie am Hintertheile behutsam ergreift und abhebt, um sie in die Spinnhütte zu bringen. Über Nacht lege man auf die leeren Seitenräume des Netzes hinlänglich viel Repsstroh oder Birkenreisig, damit diejenigen spinnreifen Raupen, welche sich in der Nacht bei Seite machen, darin zu spinnen anfangen und dann morgens früh ebenfalls auf die Spinnhütte vorsichtig übertragen werden können. Die Spinnhütte kann sehr einfach aus Repsstroh oder Birkenreisig bestehen. Es werden Zweige dieser Art in allen Richtungen auf mit Papier belegte Hürdchen so übereinander gehäuft, daß daraus ein durchsichtiges Gezweige von 12 Fuß Länge, 6 Fuß Breite und 3 Fuß Höhe entsteht, so ist die Spinnhütte für 20,000 Raupen fertig. Wenn man nun die spinnreifen Raupen von den Tellern auf das unterlegte Papier der Spinnhütte leert, so steigen sie sogleich in die Zweige zum Spinnen. Die Hütte soll sehr dicht verzweigt und nicht allzugroß seyn, sonst verschwenden die Raupen viele Seide, ehe sie den beliebigen Ort zum Spinnen finden. Die Zweige aber müssen sehr trocken und ohne allen Geruch seyn. Das Spinnzimmer darf etwas dämmer und muß stets warm gehalten werden bei vieler Lufterneuerung.

Bei Gewittern schließe man Fenster und Thüren. Man öffne sie allmählig, wenn jene vorbei sind, damit sich die Luft nicht schnell abkühle. Diese allmählige Lufterfrischung ist den Raupen dann sehr gesund.

Nie füttere man nasse Blätter, sondern trockne solche an starkem Luftzuge und, werden sie dadurch sehr kalt, so bringe man sie zwei Stunden vor der Fütterung in das Raupenzimmer an den höchsten Ort, damit sie die Wärme etwas anziehen.

Nie häufe man Blätter so aufeinander, daß sie warm werden. Gährende Blätter sind Gift für die Raupen.

Feinde der Raupen sind: Alle üblen Gerüche, Dünste von Mist, Retiraden, Tabakdampf. Ferner Mäuse, Schwabenkäfer, Spinnen, Wespen, und wenn die Fenster offen sind, auch Vögel.

Bei guter Wärme und Pflege kann man wohl auch in 24 Tagen mit 600 Pfund Blättern eine Zucht von 1 Loth Eier vollenden; ohne Heizung, bei kaltem, nassem Wetter gehen oft dazu 45 Tage auf, man braucht 1000 Pfund Blätter und der Ertrag ist schlechter.

Es kommt jedoch nicht sowohl darauf an, daß man wenig Blätter braucht, sondern daß man mit wenigster Verschwendung die größte Menge gesunder Cocons, die meiste Seide erhält.

Das Sammeln der Cocons.

Wenn die Raupen 4 bis 6 Tage gesponnen haben, sind die Cocons fertig. Dann beeile man sich, sie aus den Spinnhütten zu nehmen und, so wie sie sind, zu verkaufen, weil sich die Schmetterlinge binnen 10 bis 12 Tagen ausbeißen. Vorher aber wiege man die Cocons, damit beim Verkauf keine Übervortheilung, wie sie oft vorkommt, möglich wird.

Die Auswahl der Cocons zur Nachzucht

finde vor dem Verkaufe statt. Man wähle solche Cocons, wie sie für gesunde Eier anempfohlen sind. Die vollen geben oft Weibchen, die eingebogenen Männchen. 100 Paare geben etwas mehr als ein Loth Eier, deren **20** bis **25** Tausend ein Loth wiegen. Recht schöne Doppel = Cocons können auch zur Nachzucht dienen.

Den Verkauf der Cocons

suche man so nahe als möglich, und in lebendigem Zustande derselben, so zwar, daß sie der Käufer tödtet. Kann dieß nicht seyn, so merke man sich das Gewicht der lebenden Cocons und schreite zur

Tödtung derselben,

indem man sie in Körbe füllt, diese auf einen Waschkessel stellt, worin reines Wasser sehr stark kocht, sie mit Wollbecken gut verdeckt, damit die heißen Dämpfe im Korbe bei den Cocons eingeschlossen, diese ersticken, wozu ¼ Stunde hinreicht. Man hebe dann die Körbe ab vom Dampfe, lasse sie abkühlen und leere die Cocons auf Netzrahmen, ohne sie zu drucken. Sind sie an der Luft wieder hart geworden, so kehre man sie öfters um, bis sie vollkommen trocken sind und nach einigen Tagen sind sie tauglich zu jeder beliebigen weiten Versendung. Für einen großen Betrieb ist ein eigener Tödtungs = Apparat mit warmer Luft anzurathen.

III. Allgemeine Bemerkungen.

Es ist sehr gut für Jedermann, nicht allzugroß mit der Raupenzucht, obgleich sehr groß mit den Pflanzungen anzufangen, dann auf jener nicht größer fortzufahren, als es der gewöhnliche Hausstand gestattet; denn müssen extra Taglöhne ausgelegt werden, so geht der beste Vortheil in Verlust. Die Erziehung der Raupen ist besonders für ältere Frauen und Kinder ein zweckmäßiges Geschäft. Man sollte damit so frühe beginnen, daß man vor dem Heumachen und Ernten fertig wird, damit auch die Männer des Hauses helfen können.

Nur für größeren, eigens eingerichteten Betrieb sind wiederholte Zuchten anzuempfehlen und solche müssen in Zwischenräumen von 12 Tagen aufeinander folgen, damit man vom 20. Mai bis 6. August mit fünf Zuchten fertig wird, die Eier zu der letzten am 25. Juni zur Belebung auslegen kann.

Besitzt Jemand keine eigene Pflanzung, so kann er sich mit einem, der sie hat, dahin verstehen, daß dieser ihm die Blätter überläßt und dafür ¼ der Cocons zurück erhält. Empfängt der Raupenzüchter von dem Eigenthümer der Blätter auch die Eier, die Zimmer und Einrichtung, so gibt Ersterer dem Letzteren die Hälfte der Cocons und stellt alles Übrige unversehrt wieder zur Hand. Dadurch werden beide Theile befriedigt, ohne Geld auszugeben, da sie doch eine artige Einnahme machen. Von 20,000 Raupen kann man, nach Verhältniß des verwendeten Fleißes und der günstigen Witterung 30 bis 60 Pf. Cocons ernten, was einem Werthe von 38 bis 75 fl. W. W.

gleichkommt, welcher in **24** bis **30** Tagen gewonnen, für manche Haushaltung eine große Wohlthat wird. Auch kann von größeren Pflanzungen dieser Ertrag **4** bis **5** und mehrmal größer werden und darin liegt Aufmunterung genug zur Anlage zahlreicher Maulbeerpflanzungen, wozu ein jeder Landmann, wenn er sich an unsere hier gegebene Pflanzungsweise hält, den geeigneten Boden besitzt, ohne seine Felder zu verderben. Wollen wir der abgeschnittenen Zweige als Brennholz gedenken, so findet sich dadurch ein oft bringendes Bedürfniß erleichtert. Entsteht aber endlich aus den Abfällen der Cocons ein Spinn- und Webegeschäft für Weiber und Männer im Winter, so ist das Ganze sicher als ein großer Fortschritt zum allgemeinen Wohlbehagen anzuerkennen.

Legt daher Hand an's Werk, Bewohner dieses dazu geeigneten Landes! Trachtet, Theil zu nehmen an den Vortheilen, welche andere ungarische Gegenden bereits genießen! Wollt Ihr aber zur Erreichung dessen, woran Euch nichts verhindert, Rath oder Hülfe, so wendet Euch ohne Scheu an die hiesige Anstalt, welche zur Beförderung dieser recht eigentlich vaterländischen Sache gegründet ist.

Oedenburg, im Sept. 1843.

Gedruckt bei Carl Reichard in Güns.